图书在版编目（CIP）数据

这不是一只鹦鹉！／（德）拉菲克·沙米著；（德）
沃尔夫·埃布鲁赫绘；刘海颖译．－－北京：海豚出版
社，2019.7
ISBN 978-7-5110-4623-9

Ⅰ．①这… Ⅱ．①拉… ②沃… ③刘… Ⅲ．①儿童故
事－图画故事－德国－现代 Ⅳ．① I516.85

中国版本图书馆 CIP 数据核字 (2019) 第 068889 号

Title of the original German edition:Das ist kein Papagei!
Author: Rafik Schami
Illustrator: Wolf Erlbruch
© Carl Hanser Verlag München 1994
Chinese language edition arranged through HERCULES Business & Culture GmbH, Germany
Simplified Chinese translation copyright © 2019 by TB Publishing Limited
All rights reserved.

版权登记号：01-2019-1118

出 版 人：王　磊
项目策划：奇想国童书
责任编辑：张　镛　李宏声
特约编辑：殷学连
装帧设计：李困困
责任印制：于浩杰　蔡　丽
法律顾问：中咨律师事务所　殷斌律师

出　　　版：海豚出版社
社　　　址：北京市西城区百万庄大街 24 号　　邮编：100037
电　　　话：010-68996147（总编室）　　010-64049180 转 805（销售）
传　　　真：010-68996147
印　　　刷：北京利丰雅高长城印刷有限公司
经　　　销：全国新华书店及各大网络书店
开　　　本：16 开（787mm×1092mm）
印　　　张：2
字　　　数：20 千
印　　　数：1-6000
版　　　次：2019 年 7 月第 1 版　2019 年 7 月第 1 次印刷
标准书号：ISBN 978-7-5110-4623-9
定　　　价：38.00 元

这不是
一只鹦鹉！

[德]拉菲克·沙米/著

[德]沃尔夫·埃布鲁赫/绘

刘海颖/译

 海豚出版社
DOLPHIN BOOKS
CIPG 中国国际出版集团

感谢玛格丽特和克劳斯·施伦索克，
他们曾经送给我这样一只鸟。

　　一天晚上，丈夫对妻子说："我们什么都有了，但总感觉还缺点儿什么。"

　　妻子点点头："没错，我们还缺一个宠物。"

　　"对呀，我们……"他们的女儿琳娜也想说些什么，却把话咽了回去。

"对，我们还缺一个宠物。"丈夫说，"养一只狗吧。我们可以带着狗去散步，跟它说'坐下'，它就会坐下。而且，我的朋友们都在养狗。"

"不行！"妻子反对，"狗总是满嘴臭气，还可能咬人。猫乖巧又干净，心情好的时候，还会发出可爱的咕噜声。"

"可是我……"琳娜没再说下去，因为根本没人听她说话。

"不行！"琳娜的爸爸说，"猫不会跟着人走，而且它们从来不听主人的话。猫绝对不行！"

两个人谁都不肯让步，但无论如何又都想养一个宠物。于是第二天，他们去了宠物商店。

他们把各种各样的宠物挨个儿看了一遍，却还是无法决定要养哪一个。最后，店主给他们推荐了一只鹦鹉。"鹦鹉是最聪明的鸟。它们甚至能看家，还能吓跑小偷。鹦鹉会说很多话，而且从不会说错。"店主骄傲地说，就像在夸耀自己的儿子。

他的话打动了这对夫妇。他们买下鹦鹉，并在回家的路上买了一本书——《如何让您的鹦鹉畅所欲言》。

琳娜从幼儿园回来，一眼就看到了新宠物。她简直乐坏了，因为她最想要的就是一只鹦鹉。

她在鸟笼前坐了好长时间，心满意足地欣赏着那只美丽的鸟。其实，那只鸟也在看她，虽然它一刻不停地在笼子里动来动去，看上去一副很忙碌的样子。

这天下午，琳娜和小伙伴出去玩了，爸爸也和朋友们一起去骑自行车了，妈妈开始给鹦鹉上课："请说：'早上好，我是一只漂亮的鹦鹉！谢谢，亲爱的，不客气，不客气！'"可是，鹦鹉只是一声不吭地看着她。

整整一个小时，妈妈不停地重复"谢谢，谢谢，不客气，不客气"，直到说得嗓子都哑了，她才停下来去看电视。

而那只鹦鹉其实早就睡着了。

这个时候，爸爸正跟朋友们说起那只鹦鹉。朋友们全都惊讶得不得了，因为他们都没有一只会说话的宠物。

然而，当爸爸回到家后，妈妈却告诉他一个坏消息："这只鹦鹉什么都不会。它不肯说话，也不肯学，就只会睡觉。"

"也许是你的方法不对。"爸爸说，"明天一早我来教它！"

第二天是星期六。刚吃完早饭，爸爸就坐到鸟笼前，一本正经地给鹦鹉上起课来：

"好，我最亲爱的鹦鹉，你要乖乖的呀！我们要开始学说话啦。来，跟我说：'我是一只快乐的鹦鹉！'"

然后，他又一字一字地慢慢重复道："**我**……**是**……**一**……**只**……**快**……**乐**……**的**……**鹦**……**鹉**！"

那只鸟看着坐在沙发上的琳娜，轻轻拍了拍翅膀。它摇摇脑袋，闭上了眼睛。

"我说什么来着？"妈妈说。

于是，爸爸决定去书房里继续给鹦鹉上课。整个上午，他的声音不断地从那边传来："我是一只快乐的鹦鹉！嘿，现在不能睡觉……现在要学习！

我……是……一……只……快……乐……的……
鹦……鹉！说呀，不然我可要扭你的脖子了！"

慢慢地，爸爸的声音越来越小，要求鹦鹉说的话也越来越短。

　　"灰鹦鹉……灰鹦鹉……灰鹦鹉……谢谢……谢谢……是的，不客气，是的。"爸爸有气无力地念叨着，没过一会儿，就只听见他发出"喳喳……喳喳……喳喳……"的声音了。

　　再后来就没声了。

等到爸爸出来吃午饭时，他那副样子看起来就像是搬了半天石头。

"当初要是听我的话多好，如果我们现在养的是一只狗，谁也不会让它学说话。我都快被这只笨鹦鹉弄得说不出话来了。"

"这不是一只鹦鹉！"琳娜说。

但是，爸爸和妈妈根本没听见她在说什么，因为他们正为"到底养猫好，还是养狗好"这个问题争吵不休。

星期天，爸爸和妈妈决定马上把这只鹦鹉送回宠物商店。

这一次，琳娜得到允许可以跟着一起去。她坐在车后座上，怀里抱着鸟笼，难过地看着那只鸟。

"可它不是鹦鹉啊！"她不停地说。

但是，爸爸和妈妈根本没听见她在说什么。或许，她的声音太小了；又或许，爸爸和妈妈的声音太大了。

"您之前说，这只鹦鹉很聪明，还会说很多话。"爸爸对宠物商店的店主抱怨，"可它连叫都没叫过一声！"

"它又哑又笨，而且我们一教它说话，它就睡觉！"妈妈说。

店主的脸色越来越阴沉。

"也许是因为它年纪还太小，不管怎么样，我们还是想……"可还没等爸爸说出他们想用鹦鹉换一只腊肠犬或者一只暹罗猫，店主就大声说："小？它已经75岁了！"爸爸和妈妈惊讶得目瞪口呆。

"什么，75岁？"

"已经这么老了？"

"它可不老，"店主说，"对一只鹦鹉来说，这正是最好的年纪。它们的寿命可以超过150岁。所以，这只鹦鹉正处于精力最好的时候。可以这么说，就像您一样。"他又特意补充了一句。

爸爸赞同地笑了笑。

"可是，"妈妈不为所动地说，"它不说话，这只鹦鹉不说话。"

"它不是鹦鹉！"琳娜说。

爸爸和妈妈惊讶地看了她一眼，但是很快又转向店主。

"耐心一点儿，耐心一点儿。"店主说，"谁都不是一天就学会所有东西的。"说完，他转身去接待一位想买小豚鼠的年轻人了。

"好吧。"妈妈做了一个决定，"我们再耐心地试一下。毕竟，我们养的是鹦鹉，不是其他鸟。"

爸爸也是这么想的。

"可它不是鹦鹉呀！"当他们回到家后，琳娜又说。

　　"它当然是鹦鹉啊！"妈妈说，"我们只能对它再耐心一些。"

　　"它不是鹦鹉！"琳娜又笃定地重复了一遍。

　　"如果不是鹦鹉，那它是什么？"爸爸说，"难道是企鹅吗？"

　　"不是，它是鹦鹉小姐！"

　　"对！"那只鸟说。

　　"它说话了，鹦鹉说话了！"爸爸惊讶地说。

"它不是鹦鹉！"妈妈立刻纠正道，因为她看见那只鸟正要无奈地闭上眼睛。

　　"好吧！好吧！鹦鹉小姐就鹦鹉小姐。说：'我是灰鹦鹉，你好吗？'"

　　"我为什么要说呢？"鹦鹉小姐问，"我不叫灰鹦鹉，我更喜欢说：'莫扎特很棒！'"

　　"鹦鹉小姐从来不重复别人说过的话。"琳娜说。

　　"没错！"鹦鹉小姐说，"只有鹦鹉才爱学舌。现在，我想要一些美味的坚果。"

事实证明，这只鹦鹉小姐非常友好，还超级能说。

吃晚饭的时候，它一直在讲故事，还有它自己经历过的那些奇遇。它真的已经75岁了，已经游遍世界各地。

图中文字为法语，意思是"我知道很多关于南极洲的事"。

它可以流利地讲13种语言，而且还自称能听懂其他20种语言。

爸爸和妈妈难以置信地笑了笑，不过整个晚上，让他们感到惊讶的事可不止这一件。当妈妈提醒他们该上床睡觉的时候，鹦鹉小姐哼起了《小夜曲》。于是，琳娜得到允许，还可以再待上一首曲子的时间。

深夜，爸爸和妈妈被一阵嘹亮的歌声吵醒。那是一首阿拉伯歌曲，其中还伴着击鼓声、笛声和铃鼓声。

"一定又是四楼的阿卜杜卡林一家。"爸爸说。

"不对，"妈妈说，"声音是从儿童房那里传来的。"

他们踮着脚尖走到儿童房的门口，想要看个究竟。可是，当他们打开门时，周围又变得悄无声息了。他们去看了看琳娜和鹦鹉小姐：温柔的月光从窗外洒进来，两个小家伙正安睡着。

爸爸和妈妈又踮起脚尖，回到自己的床上。他们不会听见，琳娜和鹦鹉小姐轻轻地笑出了声。

拉菲克·沙米：

德国著名文学作家。1946年出生于叙利亚的大马士革，1971年移居德国。1979年，拉菲克取得化学专业的博士学位，又于2002年成为巴伐利亚艺术学院的一员。他的作品被翻译成20余种语言，并获得多种奖项，包括德国青少年文学奖、瑞士苏黎世儿童与青少年图书奖、奥地利国家奖等。

沃尔夫·埃布鲁赫：

1948年出生于德国的伍珀塔尔，在富克旺根艺术大学学习平面设计，专注于绘画和版画。1990年到2011年，他先后在杜塞尔多夫应用科技大学、伍珀塔尔大学、富克旺根艺术大学担任插画专业教授，2011年正式退休。作为童书作家与插画家，他获得过诸多奖项，包括德国青少年文学奖特别奖、意大利博洛尼亚童书展插画奖、荷兰金铅笔奖，以及著名的国际安徒生奖插画家奖。代表作品有《是谁嗯嗯在我的头上》《当鸭子遇见死神》等。

不可不知的小秘密

（这不是一个声明！）

 鹦鹉的寿命真的有那么长吗？

据故事里的宠物店店主说，一只鹦鹉的寿命可以超过150岁，而75岁正是鹦鹉最好的年纪，真的是这样吗？其实，在现实世界里，鹦鹉的平均寿命只有30~60年，即使是在笼养条件下，鹦鹉最多也只能活到六七十岁。故事情节有夸张的成分，与现实当然不一样，更何况，我们已经知道了——"它不是一只鹦鹉"！

 一个被玩坏了的语言游戏！

你知道吗？这个世界上几乎每天都有新的词汇出现，人们为了让平淡的生活变得更有意思，常常会在不经意间，依据语音或语义发明一些好玩的词。在这个故事里，就隐藏了一个被玩坏了的语言游戏！"鹦鹉"的德文是"Papagei"，"Papa"这个前缀是"爸爸"的意思，于是，当人们看到成双成对的鹦鹉夫妇时，自然地想到一个新词："Mamagei"，用来称呼"母鹦鹉"。当然，"Mamagei"并不是一个规范用词，只是人们的创意发明。可是，这个语言游戏却在德国被玩出了很多新花样儿，人们不仅编了一首儿歌，还基于这两个词编出很多有趣的小故事。这本书也是其中之一。

书里的那只鹦鹉在琳娜的眼里就是一只Mamagei。在中文版的故事里，我们几经考虑后，将Magagei翻译为"鹦鹉小姐"。作为一只游遍世界各地、精通多国语言的高学识鹦鹉，当然希望得到所有人的尊重，而不是像普通鹦鹉那样学舌啦！琳娜之所以和鹦鹉小姐这么有默契，也许是因为在她的内心里，也真切地渴望得到大人们的尊重，拥有表达想法的权利吧！

这不是
一只鹦鹉！

"看见"，才是最有效的陪伴

　　《这不是一只鹦鹉！》讲了一个很神奇的故事：鹦鹉在真正地被理解之前绝口不言，就像是个哑巴；而一旦它被"看见"，就成了一只神奇的鹦鹉，变得神通广大。在这个神奇的故事里，其实蕴含着一个朴素的道理。

　　这是一个三口之家，看起来幸福美满，然而，女儿琳娜却显得有几分孤单。在正文的第一页，画面便隐含着这样的信息：一天晚上，显然是晚餐后、睡觉前的闲暇时光，妈妈在织毛衣，爸爸在看报纸，两个人有一搭没一搭地说着话，女儿琳娜窝在沙发脚下玩毛绒玩具。也就是说，琳娜虽然跟爸爸妈妈待在一起，但是她却独自一个人在玩耍，跟爸爸妈妈没有互动。不过，她的耳朵支棱着，显然是想要参与父母的话题，可惜父母并没有听见她说的话。从琳娜的角度来说，她也需要被"看见"。

　　事实上，在爸爸妈妈关于家庭的重要议题——是否养一只宠物的讨论中，琳娜一直试图发表自己的意见。但很可惜，琳娜的话每一次都被无视了。关于养宠物这件事，其实跟琳娜大有关系。因为，孩子

具有仪式感的方式。

　　这本图画书最巧妙的地方就在于此，鹦鹉小姐和琳娜其实互为镜像。虽然，他们身在同一个家庭，却都没有被大人们"看见"——琳娜说的话，没有被听到；琳娜的意见，被无视；琳娜的需求，不被重视……

　　"看见"孩子的真实需求，在家庭教育中是非常重要的。我们经常听到一个词：有效陪伴。其中最重要的一层意思，大概就是"专注"。我们这些家长跟孩子在一起的时候，如果能专注地"看到"孩子，了解他们真正的需求，那么像鹦鹉那样绝口不言的情况就会少很多。

　　我们经常发现，随着孩子的年龄慢慢增长，他们开始变得不爱跟我们说话了。当然，其中会有一些叛逆期的心理因素，但更重要的是，我们在陪伴孩子的那段时间中，是否将专注力全部给予了孩子，让他们体会到自己被尊重，知道自己被"看见"。就像这个故事的开篇，第一页的画面上，爸爸、妈妈和孩子，三个人虽然处在同一个物理空间，但在心理上却相隔甚远，琳娜跟爸爸、妈妈分属于两个不同的世界。这不是有效陪伴，而是心不在焉地陪伴。长此以往，孩子想

把自己的意志强加到鹦鹉身上的时候，鹦鹉做出的反应是"绝口不言"。至少从这一点，我们可以看出，这是一只有个性的鹦鹉，它才不想"鹦鹉学舌"呢。

事情的转机发生在他们去宠物商店跟店主交涉的过程中。琳娜最先说了那句话："这不是一只鹦鹉！"后来全家人回到家中，琳娜又说："它是鹦鹉小姐。"这下子，鹦鹉居然开口说话了，虽然只说了一个字"对"。但是，自从它被称为"鹦鹉小姐"后，它的表现欲一发不可收拾。

它可以流利地讲13种语言，而且还自称能听懂其他20种语言。

它还会唱《小夜曲》。

深夜，爸爸和妈妈被一阵嘹亮的歌声吵醒。那是一首阿拉伯歌曲，其中还伴着击鼓声、笛声和铃鼓声——据推测，这也是鹦鹉小姐干的。

那么，为什么鹦鹉起初金口难开，而当琳娜叫它"鹦鹉小姐"时，它就承认，并从此妙语连珠了呢？关键的原因就在于，鹦鹉被"看见"了，它真正的需求有人懂。这个需求就是：得到应有的关注和尊重。最起码，名字不应该被叫错啊！因为，命名是赋予生命以独特性的最

或许比大人更需要宠物——没有宠物的琳娜看上去很孤单，只能一个人玩毛绒玩具。然而令人惋惜的是，即便这件事跟琳娜有关，琳娜的意见仍一次又一次地被忽视。

这种现象在现在的家庭里很常见。在家庭教育中，在日常的亲子相处中，孩子跟我们在一起，可我们却没有看见他们，孩子真正的需求总是被大人们无视。从这一点来看，琳娜的遭遇跟鹦鹉的遭遇其实是一样的。

鹦鹉被带回家来，琳娜很高兴，爸爸妈妈也很高兴。鹦鹉不是会学人类说话吗？于是爸爸妈妈开始教鹦鹉说话。先是妈妈教："早上好，我是一只漂亮的鹦鹉！谢谢，亲爱的，不客气，不客气！"可是，鹦鹉只是一声不吭地看着她。

接着是爸爸教："好，我最亲爱的鹦鹉，你要乖乖的呀！我们要开始学说话啦。来，跟我说：'我是一只快乐的鹦鹉！'"然而，鹦鹉睡着了。

鹦鹉为什么不说话？因为，这些话都不是鹦鹉自己要说的，而是爸爸妈妈想要鹦鹉说的。可是，爸爸妈妈怎么能代替鹦鹉为自己下定义——究竟是一只"漂亮"的鹦鹉，还是一只"快乐"的鹦鹉呢？当大人们要

对父母说的话当然就越来越少了。

在这本书里，鹦鹉像孩子一样，希望得到尊重。当成年人不再把自己的意志强加到它的身上，让它自由地言说，这只鹦鹉才能够表现出奇迹般的技能。有意思的是，这不是一只鹦鹉，而是鹦鹉小姐。这至关重要的一点，不是爸爸妈妈发现的，也不是宠物店的店主发现的，而是琳娜发现的。因为，琳娜和这只鹦鹉一样，都渴望得到足够的尊重。

文艺中年、资深奶爸、书评人　蔡朝阳